Peter Oberfrank

Es war einmal mein
Kinderwunsch .... ein Buch
mit geschriebenen Worten und
gezeichneten Bildern, wo ich
dann selber schreiben und
zeichnen kann

Impressum:

Bibliografische Information der Deutschen Nationalbibliothek: Die Deutsche Nationalbibliothek verzeichnet diese Publikation in der Deutschen Nationalbibliografie; detaillierte bibliografische Daten sind im Internet über www.dnb.de abrufbar.

© 2019 Peter Oberfrank
Herstellung und Verlag
BoD – Books on Demand , Norderstedt

ISBN 9783749449279

Das Leben ist schön.

NEW YORK
ROCKEFELLER CENTER
DECEMBER
2010

HAPPY COLOURS FOR EVER

Die Liebe ist schön.

<u>Angaben zu den gezeichneten Originalbildern:</u>

Umschlagseite: Indianer mit englischsprachiger Titelbezeichnung „LIVING IN HARMONY WITH NATURE", Acrylfarben, gezeichnet von Peter Oberfrank im Jahr 2011

Seite 7: Rose und bunter Bildrahmen, Buntstifte und Wasserfarben, gezeichnet von Peter Oberfrank im Jahr 2016

Seite 11: Stern mit Herz, Acrylfarben, gezeichnet von Peter Oberfrank im Jahr 2012

Seite 18: Weihnachtsbaum in New York, Rockefeller Center, Acrylfarben, gezeichnet von Peter Oberfrank im Jahr 2010

Seite 27: Bunte Malerei, Buntstifte, gezeichnet von Peter Oberfrank im Jahr 2019

Seite 49: Clown und Konfettiregen im Hintergrund, Acrylfarben, gezeichnet von Peter Oberfrank im Jahr 2012

Seite 73: Liebesherz mit bunten Farben,
englischsprachig „HAPPY COLOURS FOR
EVER", gezeichnet von Peter Oberfrank im
Jahr 2016

Seite 75: Schiff und Meer, Buntstifte,
gezeichnet von Peter Oberfrank im Jahr 2012

Seite 77: Herz, Buntstifte, gezeichnet von
Peter Oberfrank im Jahr 2019

FSC
www.fsc.org
MIX
Papier aus ver-
antwortungsvollen
Quellen
Paper from
responsible sources
FSC® C105338